LE DENOUEMENT IMPREVÛ

COMEDIE

D'UN ACTE.

A PARIS,

Chez NOEL PISSOT, Quay de Conty,
à la descente du Pont-Neuf, au coin de
la ruë de Nevers, à la Croix d'or.

M. DCC. XXVII.

Avec Approbation & Privilege du Roy.

ACTEURS.

Mr ARGANTE.

Mlle ARGANTE, *fille de Mr Argante.*

DORANTE,
ERASTE, *} Amans de Mlle Argante.*

M.^c PIERRE, *Fermier de Mr Argante.*

LISETTE, *Suivante de Mlle Argante.*

CRISPIN, *Valet d'Eraste.*

UN DOMESTIQUE *de Mr Argante.*

La Scene est à

LE DENOUEMENT IMPREVÛ

COMEDIE.

SCENE PREMIERE.

DORANTE, M^c PIERRE.

DORANTE d'un air désolé.

E suis au désespoir, mon pauvre Mc Pierre, je ne sçai que devenir.

M^c PIERRE.

Eh marguenne, arrêtez-vous donc, voute lamentation me corromp toute ma balle humeur.

A

DORANTE.

Que veux-tu ? j'aime Mademoiselle
Argante plus qu'on n'a jamais aimé, je
me voi à la veille de la perdre, & tu ne
veux pas que je m'afflige ?

Me PIERRE.

En sçait bian qu'il faut parfois s'affliger ;
mais faut y aller pûs bellement que ça ;
car moi, j'aime itou Lisette, voyez-vous ;
en dit que stila qui veut époufer Mademoifelle Argante, a un valet ; si le Maître é-
pouse nôtre Demoiselle, il l'emmenera à
son Châtiau, Lisette suivra, la vela embal-
lée pour le voyage, & c'est autant de par-
du pour moi, que ce balot-là ; ce guiable
de valet en fera son proufit. Je vois tout
ça fixiblement clair ; stanpendant, je me
tians l'esprit farme ; je bataille contre le
chagrin, je me dis que tout ça n'est rian,
que ça n'arrivera pas ; mais morgué quand
je vous entens geindre, ça me gâte le courage. Je me dis, Piarre, tu ne prens point
de souci, mon ami, & c'est que tu t'en-
geolles ; si tu faisois bian, tu en prenrois ;
j'en prens donc : tenez tout en parlant de
choufe & d'autre, vela-t'il pas qu'il me
prend envie de pleurer, & c'est vous qui
en êtes cause.

DORANTE.

Helas, mon enfant ! rien n'est plus sûr que

notre malheur ; l'époux qu'on deſtine à Mademoiſelle Argante doit arriver aujour-d'hui , & c'en eſt fait ; Mr Argante, pour marier ſa fille , ne voudra pas ſeulement attendre qu'il ſoit de retour à Paris.

Mᵉ PIERRE.

C'en eſt donc fait : queu piquié que noute vie , Mr Dorante ; mais pourquoi eſt-ce que Mr Argante, noute Maître, ne veut pas vous bailler ſa fille ? vous avez une bonne Metairie ici , vous eſtes un joli garçon , une bonne pâte d'homme , d'une belle & bonne profeſſion ; vous plaidez pour le monde : Il eſt bian vrai queu n'eſtes pas chanceux, vous pardez vos cauſes ; mais que faire à ça ? un autre les gagne ; tant pis pour ceti-ci , tant mieux pour ceti-là : tant pis & tant mieux font aller le monde : à cauſe de ça faut-il refuſer ſa fille aux gens ? Eſt-ce que le futur eſt plus riche que vous ?

DORANTE.

Non, mais il eſt gentilhomme , & je ne le ſuis pas.

Mᵉ PIERRE.

Pargué je vous trouve pourtant fort gentil , moi.

DORANTE.

Tu ne m'entens point. Je veux dire qu'il n'y a point de Nobleſſe dans ma famille.

Me PIERRE.

Eh bian, boutez-y-en, ça eſt-il ſi char
pour s'en faire faute !

DORANTE.

Ce n'eſt point cela, il faut être d'un ſang
noble.

Me PIERRE.

D'un ſang noble ? queu guiable d'inven-
tion, d'avoir fait comme ça du ſang de deux
façons, pendant qu'il viant du même ruiſ-
ſiau.

DORANTE.

Laiſſons cet article-là ; j'ai beſoin de
toi. Je n'oſerois voir Mademoiſelle Argante
auſſi ſouvent que je le voudrois, & tu me
feras plaiſir de la prier de ma part, de-con-
ſentir à l'expedient que je lui ai donné.

Me PIERRE.

Oh vartigué, laiſſez-moi faire, je par-
lerons au pere itou : il n'a qu'à venir avec
ſon ſang noble, comme je vous le remba-
rerai. Je nous traitons tous deux ſans çari-
monie ; je ſis ſon Farmier, & en cette qualité, jons le parvilege de l'aſſiſter de mes
avis ; je ſis-accoûtumé à ça ; il me conte ſes
affaires ; je le gouvarne, je le reprimande ;
il eſt bavard & têtu ; moi je ſuis roide &
prudent ; je li dis, il faut que ça ſoit, le
bon ſens le veut ; là-deſſus il ſe démene,
je hoche la tête, il ſe fâche, je m'emporte,

il me répart, je li repars : tais - toi ; non
morgué ; morgué fi ; morgué non ; & pis il
jure, & pis je li rens : ça li établit une bonne opinion de mon çarviau, qui l'empêche
d'aller à l'encontre de mes volontez ; & il
a raifon de m'obéïr ; car en vérité , je fis
fort judicieux de mon naturel fans que ça
paroiffe ; ainfi je varrons ce qu'il en fera.

DORANTE.

Si tu me rends fervice là-dedans, Mᵉ
Pierre , & que Mademoifelle Argante n'é-
poufe pas l'homme en queftion, je te promets d'honneur, cinquante piftoles en te
mariant avec Lifette.

Mᵉ PIERRE.

Monfieur Dorante , vous avez du fang
noble, c'eft moi qui vous le dit ; ça fe
connoît aux piftoles que vous me pour-
mettez , & ça fe prouvera tout à fait quand
je les recevrons.

DORANTE.

La preuve t'en eft fûre ; mais n'oublie
pas de preffer Mademoifelle Argante fur ce
que je t'ai dit.

Mᵉ PIERRE.

Tatiguienne , dormez en repos, & n'en
pardez pas un coup de dent ; fi alle bron-
choit, je li revaudrois ; fa bonne femme de
mere , alle eft deffunte , & cette fille-ci
qu'alle a eu , alle eft par conféquent la fille

de Monfieur Argante, n'eft - ce pas ?

DORANTE.

Sans doute.

M^c PIERRE.

Sans doute. Je le veux bian itou, je n'empêthe rian, je fis de tout bon accord ; mais fi je voulions fouffler une petite bredoüille dans l'oreille du papa, il varroit bien que Mademoifelle Argante eft la fille de fa mere ; mais vela tout.

DORANTE.

Cela n'aboutit à rien, fonges feulement à ce que je te promets.

M^c PIERRE.

Oüi, je fongerons toujours à cinquante piftoles ; mais touchez-moi un petit mot de l'expedient quon dites.

DORANTE.

Il eft bizare, je l'avoüe ; mais c'eft l'unique reffource qui nous refte. Je voudrois donc, que pour dégouter le futur, elle affectât une forte de maladie, un dérangement, comme qui diroit des vapeurs.

M^c PIERRE.

Dites à la franquette quou voudriais qu'alle fift la folle. Vela bien de quoi ! ça ne coute rian aux femmes ; par bonheur alles ont un efprit d'un merveilleux acabi pour ça, & Mademoifelle Argante nous fournira de la folie tant que j'en voudrons,

fon çarviau la met à même. Mais vela fon
pere, ôtez-vous de par ici, tantôt je vous
rendrons réponfe.

SCENE II.

Mr ARGANTE, Mᶜ PIERRE.
Mr ARGANTE.

Avec qui étois-tu là?

Mᶜ PIERRE.
Eh voir, j'étois avec queuquun.

Mr ARGANTE.
Eh qui eft-il, ce quelqu'un?
Mᶜ PIERRE.
Aga donc, il faut bian que ce foit une
parfonne.

Mr ARGANTE.
Mais je veux fçavoir qui c'étoit; car je
me doute que c'eft Dorante.
Mᶜ PIERRE.
Oh bian, cette doutance-là, prenez que
c'eft une çartitude; vous ni pardrez rian.
Mr ARGANTE.
Que vient-il faire ici?
Mᶜ PIERRE.
M'y voir.

Mr. ARGANTE.

Je lui ai pourtant dit, qu'il me feroit plaisir de ne plus venir chez moi.

Me PIERRE.

Et si ce n'est pas son envie de vous faire plaisir, est-ce que les volontez ne sont pas libres ?

Mr ARGANTE.

Non ; elles ne le sont pas ; car je lui défendrai d'y venir davantage.

Me PIERRE.

Bon, je li défendrai. Il vous dira qu'il ne dépend de parsonne.

Mr ARGANTE.

Mais vous dependez de moi, vous autres, & je vous défens de le voir & de lui parler.

Me PIERRE.

Quand je ferons aveugles & muets, je ferons voute commission, Monsieur Argante.

Mr ARGANTE.

Il faut toujours que tu raisonne.

Me PIERRE.

Que voulez-vous ? jons une langue, & je m'en fars ; tant que je l'aurai je m'en farvirai ; vous me chicannez avec la voute, peut-être que je vous lantarne avec la mienne.

Mr ARGANTE.

Ah, je vous chicanne ! c'est-à-dire, Mᵉ Pierre, que vous n'êtes pas content de ce que j'ai congedié Dorante ?

Mᵉ PIERRE.

Je n'aprouve rian que de bon, moi.

Mr ARGANTE.

Je vous dis ; il faudra que je difpofe de ma fille à fa fantaifie.

Mᵉ PIERRE.

Acoutez, peut-être que la raifon le voudroit, mais voute avis eft bian pûs raifonnable que le fian.

Mr ARGANTE.

Comment donc ? Eft-ce que je ne la marie pas à un honnête homme ?

Mᵉ PIERRE.

Bon ; le vela bian avancé d'eftre honnête homme ; il n'y a que les couquins qui ne font pas honnêtes gens.

M. ARGANTE.

Tais-toi, je ne fuis pas raifonnable de t'écouter ; laiffe-moi en repos, & va-t-en dire aux Muficiens que j'ai fait venir de Paris, qu'ils fe tiennent prêts pour ce foir.

Mᵉ PIERRE.

Qu'eft qu'ou en voulez faire de leur Muficle ?

Mr ARGANTE.

Ce qu’il me plaît.

Mᵉ PIERRE.

Est-ce qu’ou voulez danser la bourée a-
vec ces Violoneux ? ça n’est pas parmis à
un Maître de Maison.

Mr ARGANTE.

Ah, tu m’impatiente !

Mᵉ PIERRE.

Parguenne & vous itou : tenez, juse trop
mon esprit après vous ; par la mardi voute
Farme & tous les animaux qui en dépen-
dont, me baillont moins de peine à gou-
varner que vous tout seul ; par ainsi, prenez un autre Farmier : je varrons un peu
ce qu’il en sera, quand vous ne serez pûs
à ma charge.

Mr ARGANTE.

Fort bien ! me quitter tout d’un coup
dans l’embaras où je suis, & le jour-même
que je marie ma fille ; vous prenez bien
votre tems, après toutes les bontez que
j’ai euës pour vous.

Mᵉ PIERRE.

Voirement des bontés ! si je comptions
ensemble, vous m’en deveriez pûs de deux
douzaines, mais gardez-les, & grand bian
vous fasse.

Mr ARGANTE.

Mais enfin, pourquoi me quitter ?

Mᶜ PIERRE.

C'eſt que mes bonnes qualités ſont en-
tarrées avec vous ; c'eſt qu'ou voulez marier voute fille à voute tête, en lieu de la
marier à la mienne ; & drès qu'ou ne voulez pas me complaire en ça, drès que ma
raiſon ne vous fart de rian, & qu'où pré-
tendez être le Maître par-deſſus moi, qui
ſis prudent ; drès qu'ou allez toujours voute chemin maugré que je vous retienne par
la bride, je pars mon temps cheux vous.

Mr ARGANTE.

Me retenir par la bride ! Belle façon de
s'exprimer !

Mᶜ PIERRE.

C'eſt une petite ſimulitude qui viant fort
à propos.

Mr ARGANTE.

C'eſt ma fille qui vous fait parler ; je le
voi bien ; mais il n'en ſera pourtant que
ce que j'ai réſolu ; elle épouſera aujourd'hui
celui que j'attens. Je lui fais un grand tort,
en vérité, de lui donner un homme pour
le moins auſſi riche que ce faineant de Dorante, & qui avec cela eſt Gentilhomme.

Mᶜ PIERRE.

Ah ! nous y vela donc à la Gentilhom-
merie ? Eh fy, noute Monſieur ! ça eſt
vilain à voute âge, de bailler comme ça
dans la bagatelle ; en vous amuſe comme

un enfant avec un joujou. Jamais je n'en-
durerai ça ; voyez-vous, Monſieur Dorante eſt amoureux de voute fille ; alle eſt
amoureuſe de li ; il faut qu'ils voyons le
bout de ça. Hier encore, ſous le barciau de
noute jardin, je les entendoïs (*à part*)
ſarvons - li d'une bourde) ma mie, ſe li
diſoit-il, voute pere veut donc vous bailler un autre homme que moi ? Eh, vrai-
ment oüi, ce faiſoit-elle. Eh que dites-vous
de ça, ce faiſoit-il ? Eh qu'en pourrois-je
dire, ce faiſoit-elle ? Mais ſi vous m'ai-
miez bian, vous lui dirais qu'ou ne le voulez pas. Hélas, mon grand ami, je lui ai
tant dit ! mais bref, à la parfin que ferez-
vous ? Eh je n'en ſçai rian ! J'en mourrai,
ce dit-il. Et moi itou, ce dit-elle. Quoi,
je mourrons donc ? Voute pere eſt bian
tarrible. Que voulez-vous ? comme on
me l'a baillé, je l'ai prins . . . .

Mr ARGANTE *en colere, & s'en allant.*

L'impertinente, avec ſon amant, & toi
encore plus impertinent de me raporter de
pareils diſcours ; mais mon gendre va venir, & nous verrons qui ſera le Maître.

SCENE III.

Mlle ARGANTE, LISETTE, Me PIERRE.

Mlle ARGANTE.

IL me semble que mon pere sort fâché d'avec toi. De quoi parliez-vous ?

Me PIERRE.

De voute nôce avec le fils de ce Gentil-homme.

LISETTE.

Eh bien !

Me PIERRE.

Eh bian ! je ne sçais qui l'a enhardi ; mais il n'est pas si timide que de coûtume avec moi ; il m'a bravement injurié, & baillé le sobriquet d'impartinent, & m'a enchargé de dire à Mademoiselle Argante qu'alle est une sotte ; & pisque la vela, je li fais ma commiffion.

LISETTE *à Mademoiselle Argante.*

Là-deffus, à quoi vous déterminez-vous ?

Mlle ARGANTE.

Je ne sçai, mais je suis au defefpoir de

me voir en danger d'épouſer un homme que jé n'ai jamais vû , & ſeulement parce qu'il eſt le fils de l'ami de mon pere.

Mᶜ PIERRE.

Tenez , tenez , il n'y a point de détarmination à ça J'avons arrêté Monſieur Dorante & moi , ce qu'ou devez faire , & vela c'en que c'eſt. Il faut qu'ou deveniais folle ; ça eſt conclu entre nous ; il n'y a pûs à dire , non , faut parachever : allons , avancez-nous , en attendant queuque petit échantillon d'extravagance pour voir comment ça fait : en dit que les vapeurs ſont bonnes pour ça , montrez-m'en une.

Mˡˡᵉ ARGANTE.

Oh , laiſſe-moi , je n'ai point envie de rire.

LISETTE.

Va , ne t'embaraſſe pas ; nous autres femmes , pour faire les folles , avons-nous beſoin d'étudier notre rôle ?

Mᶜ PIERRE.

Non ; je ſçavons bian vos facultez , mais niamporte , il s'agit d'avoir l'eſprit pûs torné que de coûtume. Liſette , ſarmone-là un peu là-deſſus , & ſonge toujours à noute amiquié ; ça ne fait que croître & embellir cheux moi quand je te regarde.

LISETTE.

Je t'en fais mes complimens.

M^c PIERRE.

Adieu. Noute Maître est sourti, je pen-
se. Je vas revenir, si je puis, avec Monsieur Dorante.

SCENE IV.

Mlle ARGANTE, LISETTE.

LISETTE.

ÇA, faites vos réfléxions. Consentez-
vous à ce qu'on vous propose ?

Mlle ARGANTE.

Je ne sçaurois m'y résoudre. Joüer un
rôle de folle. Cela est bien laid.

LISETTE.

Eh mort de ma vie ! trouvez-moi quelqu'un qui ne joüe pas ce rôle-là dans le
monde. Qu'est-ce que c'est que la societé
entre nous autres, honnêtes gens, s'il vous
plaît ? N'est-ce pas une assemblée de fous
paisibles qui rient de se voir faire, & qui
pourtant s'accordent ? Eh bien, mettez-
vous pour quelques instans de la coterie
des fous revêches, & nous dirons nous
autres, la tête lui a tourné.

Mlle ARGANTE.

Tu as beau dire , cela me repugne.

LISETTE.

Je croi qu'effectivement vous avez raison. Il vaut mieux que vous époufiez ce
jeune ruftre que nous attendons. Que de
repos vous allez avoir à la campagne !
Plus de toilette ; plus de miroir ; plus de
boëtte à mouche : cela ne raporte rien. Ce
n'eft pas comme à Paris , où il faut tous les
ma·ins recommencer fon vifage , & le tra-
vailler fur nouveaux frais. C'eft un embaras que tout cela ; & on ne l'a pas à la campagne : il n'y a là que de bons gros cœurs ,
qui font francs , fans façon , & de bon ap-
petit. La maniere de les prendre eft très-
aifée. Une face large , maffive , en fait l'affaire ; & en moins d'un an , vous aurez
toutes ces mignardifes convenables.

Mlle ARGANTE.

Voilà de fort jolies mignardifes.

LISETTE.

J'oubliois le meilleur. Vous aurez parfois des galans houbereaux , qui viendront
vous rendre hommage , qui boiront du vin
pur à votre fanté ; mais avec des contor-
fions... Vous irez vous promener avec eux,
la petite canne à la main , le manteau trouf-
fé de peur des crottes ; ils vous aideront à
fauter le foffé , vous diront que vous êtes

adroite,

adroite, remplie de charmes & d'efprit,
avec tout plein d'équivoques fpirituels, qui
brocheront fur le tout. Qu'en dites vous ?
Prenez votre parti, finon, je recommence,
& je vous nomme tous les animaux de votre Ferme ; jufqu'à votre mari.

Mᶫᶫᵉ ARGANTE.

Ah, le vilain homme !

LISETTE.

Allons vîte ; choififfez de quel genre de
folie vous voulez le dégoûter ; il va venir,
comme vous fçavez, & vous aimez Dorante, fans doute ?

Mᶫᶫᵉ ARGANTE.

Mais oüi, je l'aime ; car je ne connois
que lui depuis quatre ans.

LISETTE.

Mais oüi, je l'aime. Qu'eft-ce que c'eft
qu'un amour qui commence par mais, &
qui finit par car ?

Mᶫᶫᵉ ARGANTE.

Je m'explique comme je fens. Il y a fi
long - tems que nous nous voyons ; c'eft
toujours la même perfonne, les mêmes
fentimens : cela ne pique pas beaucoup ;
mais au bout du compte, c'eft un bon garçon ; je l'aime quelquefois plus, quelquefois moins, quelquefois point du tout ; c'eft
fuivant : quand il y a long-tems que je ne
l'ai vû, je le trouve bien aimable ; quand

je le voi tous les jours, il m'ennuye un peu, mais cela se passe, & je m'y accoûtume : s'il y avoit un peu plus de mouvement dans mon cœur, cela ne gâteroit rien pourtant.

LISETTE.

Mais n'y a-t-il pas un peu d'inconstance là-dedans ?

Mlle ARGANTE.

Peut-être bien ; mais on ne met rien dans son cœur, on y prend ce qu'on y trouve.

LISETTE.

Chemin faisant, je rencontre de certains visages qui me remuënt, & celui de Pierrot ne me remuë point. N'êtes-vous pas comme moi ?

Mlle ARGANTE.

Voilà où j'en suis. Il y a des phisionomies qui font que Dorante me devient si insipide ; & malheureusement dans ce moment-là, il a la fureur de m'aimer plus qu'à l'ordinaire : moi, je voudrois qu'il ne me dît rien ; mais les hommes sçavent-ils se gouverner avec nous ? ils sont si mal adroits ! ils viennent quelquefois vous accabler d'un tas de sentimens langoureux, qui ne font que vous affadir le cœur : on n'oseroit leur dire, allez-vous-en ; laissez-moi en repos ; vous vous perdez : ce seroit même une charité que de leur dire cela ;

mais point; il faut les écouter, n'en pouvoir plus, étoufer, mourir d'ennui & de saciété pour eux : le beau profit qu'ils font là ! Qu'est-ce que c'est qu'un homme ; toujours tendre, toujours disant, je vous adore, toujours vous regardant avec passion, toujours éxigeant que vous le regardiez de même ? le moyen de soûtenir cela ? Peut-on sans cesse dire, je vous aime ? on en a quelquefois envie, & on le dit ; après cela l'envie se passe, il faut attendre qu'elle revienne.

LISETTE.

Mais enfin, épouserez-vous le Campagnard ?

Mlle ARGANTE.

Non, je ne sçaurois soufrir la campagne, & j'aime mieux Dorante, qui ne quittera jamais Paris. Après tout, il ne m'ennuye pas toujours, & je serois fâchée de le perdre.

LISETTE.

Je voi Pierrot, qui revient bien intrigué.

SCENE V.

Mlle ARGANTE, LISETTE,
Mᵉ PIERRE.

LISETTE.

OU est Dorante?

Mᵉ PIERRE.

Hélas ! il est en chemin pour venir ici ; &
moi, Mademoiselle Argante , je vians
pour vous dire , que ce garçon-la n'a pas
encore trois jours à vivre.

Mlle ARGANTE.

Comment donc ?

Mᵉ PIERRE.

Oüi , & s'il m'en veut croire , il fera son
testament drès ce soir ; car s'il alloit tra-
passer sans le dire au Tabellion , j'aimerois
autant qu'il ne mourit pas ; ce ne seroit pas
la peine , & ça me fâcheroit trop ; en lieu
que s'il me laissoit queuque chouse , ça feroit que je me lamenterois plus agriable-
ment sur li.

LISETTE.

Dis donc ce qui lui est arrivé.

Mlle ARGANTE.

Est-il malade ? empoisonné ? blessé ?
Parles.

Me PIERRE.

Attendez, que je reprenne vigueur ;
car moi qui veut hériter de li, je fis si dé-
couragé, si déconfit, que je fis d'avis itou,
de coucher mes darnieres volontez sur de
l'écriture, afin de laisser mes nippes à Lisette.

LISETTE.

Allons, allons, nigaud, avec ton testament & tes nippes ; il n'y a rien que je
haïsse tant, que des dernieres volontez.

Mlle ARGANTE.

Eh, ne l'interromps pas ? j'attens qu'il
nous dise l'état où est Dorante.

Me PIERRE.

Ah, le pauvre homme ! la diéte le par-
dra.

LISETTE.

Eh ! depuis quand fait-il diéte ?

Me PIERRE.

De ce matin.

LISETTE.

Peste du benêt !

Me PIERRE.

Tenez, le vela. Voyez qu'eu mine il a !
comme il est blafard !

SCENE VI.

Mlle ARGANTE, DORANTE, LISETTE, Mᵉ PIERRE.

DORANTE *d'un air affligé.*

JE suis au désespoir, Madame ; votre Fermier m'a fait un récit qui m'a fait trembler. Il dit que vous refusez de me conserver votre main, & que vous ne voulez pas en venir à la seule ressource qui nous reste.

Mlle ARGANTE.

Eh bien, remettez-vous, j'extravaguerai ; la comedie va commencer ; êtes-vous content ?

Mᵉ PIERRE.

Alle extravaguera, Monsieur Dorante, alle extravaguera. Queu plaisir ! je varrons la comedie ; alle fera le Poulichinelle ; Queu contentement ! Je rirons comme des fous. Il faut extravaguer tretous au moins.

DORANTE.

Vous me rendez la vie, Madame ; mais

de grace, l'amour seul a - t - il part à ce
que vous allez faire ?

Mlle ARGANTE.

Eh ! ne sçavez-vous pas bien que je vous
aime, quoique j'oublie quelquefois de vous
le dire ?

DORANTE.

Eh ! pourquoi l'oubliez-vous ?

Mlle ARGANTE.

C'est que cela est fini, je n'y songe
plus.

LISETTE.

Eh ! oüi ; cela va sans dire : retirons-
nous, je croi que votre pere est revenu ;
vous pouvez l'attendre : mais il n'est pas à
propos qu'il nous voye, nous autres.

DORANTE.

Adieu, Madame ; songez que mon bonheur dépend de vous.

Mlle ARGANTE.

J'y penserai, j'y penserai, allez-vous-
en. (seule) Nous verrons un peu ce que
dira mon pere, quand il me verra folle.
Je croi qu'il va faire de belles exclama-
tions ; heureusement sur le sujet dont il
s'agit, il m'a déja vû dans quelques écarts,
& je croi que la chose ira bien ; car il s'agit
d'une malice, & je suis femme ; c'est de
quoi réüssir : le voilà ; prenons une conte-
nance qui prépare les voyes.

SCENE IX.

M. ARGANTE, Mlle ARGANTE
bâtant la mesure de son pied.

M. ARGANTE.

QUe faites - vous là , Mademoiselle ?

Mlle ARGANTE.

Rien.

M. ARGANTE.

Rien ? belle occupation !

Mlle ARGANTE.

Je vous défie pourtant de critiquer
rien.

M. ARGANTE.

Quelle étourdie ! comme vous voilà
faite ?

Mlle ARGANTE.

Faite au tour, à ce qu'on dit.

M. ARGANTE.

Hé ! je croi que vous plaisantez.

Mlle ARGANTE.

Non, je suis de mauvaise humeur ; car
je n'ai pû joüer du clavecin ce matin.

M. Argante.

M. ARGANTE.

Laiffez-là votre clavecin; mon gendre arrive, & vous ne devez pas le recevoir dans un ajuftement auffi négligé.

Mlle ARGANTE.

Ah, laiffez-moi faire; le négligé va au cœur...Si j'étois ajuftée, on ne verroit que ma parure, dans mon négligé, on ne verra que moi, & on n'y perdra rien.

M. ARGANTE.

Oh, oh! que fignifie donc ce difcours-là?

Mlle ARGANTE.

Vous hauffez les épaules, vous ne me croyez pas, je vous convaincrai, papa.

M. ARGANTE.

Je n'y comprens rien. Ma fille?

Mlle ARGANTE.

Me voilà, mon pere.

M. ARGANTE.

Avez-vous deffein de me joüer?

Mlle ARGANTE.

Qu'avez-vous donc? Vous m'appellez, je vous réponds; vous vous fâchez, je vous laiffe faire. De quoi s'agit-il? Expliquez-vous. Je fuis là, vous me voyez, je vous entends; que vous plait-il?

M. ARGANTE.

En vérité, fçais-tu bien que fi on t'é-coutoit, on te prendroit pour une folle?

Mlle ARGANTE.

Eh, eh, eh……

Mr ARGANTE.

Eh, eh. Il n'eſt pas queſtion d'en rire; cela eſt vrai.

Mlle ARGANTE.

J'en pleurerai, ſi vous le jugez à propos. Je croyois qu'il en falloit rire; je ſuis dans la bonne foy.

Mr ARGANTE.

Non; il faut m'écouter.

Mlle ARGANTE *le ſaluë.*

C'eſt bien de l'honneur à moi, mon pere.

Mr ARGANTE.

Qu'on a de peines avec les enfans?

Mlle ARGANTE.

Eh! vous ne vous vantez de rien; mais je crois que vous n'en avez pas mal donné à mon grand-pere; vous étiez bien ſe-millant.

Mr ARGANTE.

Taiſez-vous, petite fille.

Mlle ARGANTE.

Les petites filles n'obéiſſent point, mon pere; & puiſque j'en ſuis une, je ferai ma charge, & me gouvernerai, s'il vous plaît, ſuivant l'épithéte que vous me donnez.

Mr ARGANTE.

La patience m'échapera.

Mlle ARGANTE.

Calmez-vous , je me tais ; voilà l'agré-
ment qu'il y a d'avoir affaire à une perſonne
raiſonnable !

Mr ARGANTE.

Je ne ſçais où j'en ſuis , ni où elle prend
tant d'impertinences : quoiqu'il en ſoit , fi-
niſſons ; je n'ai qu'un mot à vous dire : pré-
parez-vous à recevoir celui qui vient ici
vous épouſer.

Mlle ARGANTE.

Ce diſcours-là me fait reſſouvenir d'une
chanſon qui dit : Préparons-nous à la fête
nouvelle.

Mr ARGANTE *étonné long-tems*.

J'attends que vous ayez achevé votre
chanſon.

Mlle ARGANTE.

Oh ! voilà qui eſt fait ; ce n'étoit qu'une
citation que je voulois faire.

Mr ARGANTE.

Vous ſortez du reſpect que vous me
devez, ma fille.

Mlle ARGANTE.

Seroit-il poſſible ! moi, ſortir du reſpect ! Il me ſemble qu'en effet , je dis des
choſes extraordinaires ; je croi que je viens
de chanter : remettez-moi , mon pere ; où
en étions-nous ? Je me retrouve : Vous
m'avez propoſé , il y a quelques jours, un

mariage qui m'a boulverfé la tête à force
d'y penfer ; tout rompu qu'il eft , je n'en
fçaurois revenir , & il faut que j'en pleure.

M. ARGANTE.

Oh, oh ! cela feroit - il de bonne foy ,
ma fille ? D'où vient tant de repugnance
pour un mariage qui t'eft avantageux ?

Mlle ARGANTE.

Eh ! me le propoferiez-vous , s'il n'étoit
pas avantageux ?

M. ARGANTE

Je fais le tout pour ton bien.

Mlle ARGANTE *pleurant.*

Et cependant, je vous paye d'ingrati-
tude.

M. ARGANTE.

Va, je te le pardonne, c'eft un petit
travers qui t'a pris.

Mlle ARGANTE.

Continuez ; allez votre train , mon pere,
continuez , n'écoutez pas mes dégouts,
tenez ferme , point de quartier : courage ,
dites je veux , grondez , menacez , pu-
niffez , ne m'abandonnez pas dans l'état
où je fuis ; je vous charge de tout ce qui
m'arrivera.

Mr ARGANTE *attendri.*

Va , mon enfant, je fuis content de tes
difpofitions , & tu peux t'en fier à moi ; je
te donne à un homme avec qui tu feras heu-

reufe, & la campagne au bout du compte,
a fes charmes aufli bien que la ville.

Mlle ARGANTE.

Par ma foy, vous avez raifon.

Mr ARGANTE.

Par ma foy ! De quel terme te fers-tu-
là ? je ne te l'ai jamais entendu dire, & je
ferois fâché que tu t'en fervis devant mon
gendre futur.

Mlle ARGANTE.

Ma foy, je l'ai crû bon, parce que c'eft
votre mot favori.

Mr ARGANTE.

Il ne fied point dans la bouche d'une
fille.

Mlle ARGANTE.

Je ne le dirai plus ; mais revenons : con-
tez-moi un peu ce que c'eft que votre gendre ? N'eft-ce pas cet homme des champs ?

Mr ARGANTE.

Encore ! Eft-il queftion d'un autre ?

Mlle ARGANTE.

Je m'imagine qu'il accourt à nous comme
un Satyre.

Mr ARGANTE.

Oh ! je n'y fçaurois tenir. Vous êtes une
impertinente, il vous époufera, je le veux,
& vous obéïrez.

Mlle ARGANTE.

Doucement, mon pere, difcutons froidement les choses. Vous aimez la raison, j'en ai de la plus rare.

Mr. ARGANTE.

Je vous montrerai que je suis votre pere.

Mlle ARGANTE.

Je n'en ai jamais douté, je vous dispen- se de la preuve; tranquilisez-vous. Vous me direz, peut-être, que je n'ai que vingt ans, & que vous en avez soixante. Soit, vous êtes plus vieux que moi, je ne chi- canne point là-dessus, j'aurai votre âge un jour; car nous vieillissons tous dans notre famille. Ecoutez-moi, je me sers d'une su- pofition. Je suis Monsieur Argante, & vous êtes ma fille. Vous êtes jeune, étourdie, vive, charmante comme moi. Et moi, je suis grave, férieux, triste, & sombre comme vous.

Mr ARGANTE.

Où suis-je? & qu'est-ce que c'est que cela?

Mlle ARGANTE.

Je vous ai donné des Maîtres de cla- vecin; vous avez un gofier de rossignol: Vous danfez comme à l'Opera; vous a- vez du goût, de la délicatesse; moi du souci & de l'avarice : vous lisez des Ro- mans, des historiettes & des contes de Fées: moi des Edits, des regiftres & des mémoires. Qu'arrive-t-il? Un vilain Faune, un Ours mal léché sort de sa tanière, se présente à moi, & vous demande en mariage. Vous croyez que je vai lui crier, va-t-en. Point du tout. Je caresse la créature mausade, je lui fais des complimens, & je lui accorde ma fille. L'accord fait, je viens vous trouver, & nous avons là-dessus une conversation ensemble assez curieuse. La voici. Je vous dis: Ma fille? Que vous plaît-il, mon pere? Me répondez-vous (car vous êtes civile & bien élevée.) Je vous marie, ma fille. A qui donc, mon pere? A un honnête magot, un habitant des forêts. Un magot, mon pere! je n'en veux point. Me prenez-vous pour une guenuche? Je chante, j'ai des appas, & je n'aurois qu'un magot, qu'un sauvage? Eh fy donc! Mais il est Gentilhomme. Eh bien, qu'on lui coupe le cou. Ma fille, je veux que vous le preniez. Mon pere, je ne suis point de cet avis-là. Oh, oh, friponne, ne suis-je pas le Maître? A cette épithete de friponne, vous prenez votre sérieux; vous vous armez de fermeté, & vous me dites: vous êtes le Maître. *Distinguo*. Pour les choses raisonnables, oüy. Pour celles qui ne le sont pas, non. On ne force point les cœurs. Loy établie. Vous voulez forcer le mien. Vous transgressez la

Loy. J'ai de la vertu, je la veux garder.
Si j'époulois votre magot, que deviendroit-elle ? Je n'en sçai rien.

Mr ARGANTE.

Vous mériteriez que je vous mille dans un Convent. Je pénétre vos delleins à préfent, fille ingratte, & vous vous imaginez que je ferai la dupe de vos artifices ; mais fi tantôt j'ai lieu de me plaindre de votre conduite, vous vous en repentirez toute votre vie. Voilà ma réponfe ; retirez-vous.

Mlle ARGANTE *le faluant.*

Donnez-moi le tems de vous faire la révérence, comme vous me l'auriez faite, fi vous aviez été à ma place.

Mr ARGANTE.

Marchez, vous dis-je.

SCENE VIII.

M. ARGANTE, CRISPIN, UN DOMESTIQUE.

LE DOMESTIQUE.

MOnfieur, il y a là-bas un valet, qui demande à parler après vous.

M. ARGANTE.
Qu'il entre.

CRISPIN *paroît.*
Monſieur, je viens de dix lieuës d'ici,
vo us dire que je ſuis votre ſerviteur.

M. ARGANTE.
Cela n'en valoit pas la péine.

CRISPIN.
Oh, je vous fais excuſe! vous d'un côté,
Mademoiſelle votre fille d'un autre ; vous
méritez fort bien vos dix lieuës, ce n'eſt
que chacun cinq.

M. ARGANTE.
Qu'appellez-vous ma fille ? quelle part
a-t' elle à cela ?

CRISPIN.
Ventrebleu! quelle part, Monſieur ?
ſa part eſt meilleure que la vôtre ; car nous
venons pour l'époufer.

M. ARGANTE.
Pour l'époufer!

CRISPIN.
Oüy. Le Seigneur Eraſte mon Maître,
l'époufera pour femme, & moi pour Mai-
treſſe.

M. ARGANTE.
Ah, ah ! tu apartiens à Eraſte? tu es aparament le garçon plaiſant dont il m'a parlé?

CRISPIN.
J'ai l'honneur d'être ſon aſſocié. C'eſt

lui qui ordonne, c'est moi qui éxecute.

M. ARGANTE.

Je t'entends. Eh où est-il donc ? Est-ce qu'il n'est pas venu ?

CRISPIN.

Oh, que si, Monsieur ! mais par galanterie il a jugé à propos de se faire précéder par une espece d'Ambassade, il m'a donné même quelques petits interêts à traiter avec vous.

M. ARGANTE.

De quoi s'agit-il donc !

CRISPIN.

N'y a-t-il personne qui nous écoute ?

M. ARGANTE.

Tu le vois bien.

CRISPIN.

C'est que ..... n'y a-t-il point de femmes dans la chambre prochaine.

M. ARGANTE.

Quand il y en auroit, peuvent-elles nous entendre ?

CRISPIN.

Vertuchou, Monsieur ! vous ne sçavez pas ce que c'est que l'oreille d'une femme. Cette oreille-là, voyez-vous, d'une demi lieuë entend ce qu'on dit, & d'un quart de lieuë ce qu'on va dire.

M. ARGANTE.

Oh bien, je n'ai ici que des femmes sourdes. Parles.

CRISPIN.

Oh ! la furdité léve tout fcrupule ; & cela étant, je vous dirai fans façon, que Monfieur Erafte va venir ; mais qu'il vous prie de ne point dire à fa future que c'eft lui, parce qu'il fe fait un petit ragoût de la voir fous le nom feulement d'un ami dudit Monfieur Erafte ; ainfi ce n'eft point lui qui va venir, & c'eft pourtant lui, mais lui fous la figure d'un autre que lui : ce que je dis là n'eft-il pas obfcur ?

M. ARGANTE.

Pas mal ; mais je te comprends, & je veux bien lui donner cette fatisfaction-là : qu'il vienne.

CRISPIN.

Je croi que le voilà : c'eft lui-méme. A préfent je vais chercher mes balots & les fiens ; mais de grace, avant que de partir, fouffrez, Monfieur, que je vous recommande mon cœur, il eft fans condition, daignez lui en trouver une.

M. ARGANTE.

Vas, vas, nous verrons.

SCENE IX.

M. ARGANTE, ERASTE, M. PIERRE, LISETTE.

M. ARGANTE.

JE vous attendois ici avec impatience, mon cher enfant.

ERASTE.

Je m'y rends avec un grand plaisir, Monsieur. Crispin vous aura dit sans doute, ce que je souhaite que vous m'accordiez.

M. ARGANTE.

Oüy, je le sçai, & j'y consens ; mais pourquoi cette façon ?

ERASTE.

Monsieur, tout le monde me dit que Mademoiselle Argante est charmante, & tout le monde aparament ne se trompe pas, ainsi quand je demande à la voir sous cet habit-ci, ce n'est pas pour vérifier si ce que l'on m'a dit est vrai ; mais peut-être en m'époufant, ne fait-elle que vous obéïr, cela m'inquiéte, & je ne viens sous un autre nom l'affûrer de mes refpects ; que pour tâcher d'entrevoir ce qu'elle penfe de notre mariage.

M. ARGANTE.

Eh bien, je vais la chercher.

ERASTE.

Eh ! de grace, n'y allez point ; je ne pourrois m'empêcher de foupçonner que vous l'auriez avertie. J'ai trouvé là-bas des ouvriers qui demandent à vous parler, fi vous vouliez bien vous y rendre pour quelque tems.

M. ARGANTE.

Mais.....

ERASTE.

Je vous en fupplie.

M. ARGANTE.

(*à part*) Je ne fçaurois croire que ma fille ofe m'offenfer jufqu'à certain point. (*à Erafte*) Je me rends.

ERASTE.

Il me fuffira que vous difiez à un Do-meftique qu'un de mes amis qui m'a pré-cedé, fouhaiteroit avoir l'honneur de lui parler.

M. ARGANTE.

Hola ! Pierrot ? Lifette ?

Mᶜ Pierre & Lifette paroiffent tous deux.

Mᶜ PIERRE.

Qu'eft-ce qu'ou nou voulez donc ?

M. ARGANTE.

Que quelqu'un de vous deux aille dire
à ma fille que voici un des amis d'Erafte,
& qu'elle defcende.

Me PIERRE.

Ça ne fe peut pas, alle a mal à fon efto-
mach & à fa tête.

LISETTE.

Oüy, Monfieur, elle repofe.

ERASTE.

Je vous affûre que je n'ai qu'un mot à
lui dire.

Me PIERRE *à part.*

Helas ! comme il eft douçoureux.

M. ARGANTE.

Je viens de la quitter, & je veux qu'elle
defcende. Allez-y. Lifette. (*à Me Pierre*)
Et toi, va-t-en. (*à Erafte*) Je vous laiffe
pour vous fatisfaire. *Il fort.*

ERASTE.

Je vous ai une véritable obligation.
feul. Ce commencement me paroît trifte.
J'ai bien peur que Mademoifelle Argante
ne fe donne pas de bon cœur.

SCENE X.

ERASTE, Mᶜ PIERRE.

Mᶜ PIERRE revenant & regardant.

à part. LE sieur Argante n'y est plus. Avec voute parmission, Monsieur l'ami de Monsieur le futur, en attendant que noute Demoiselle se requinque, agriez ma convarsation pour vous aider à passer un petit bout de tems.

ERASTE.

Oüida, tu me paroît amusant.
Mᶜ PIERRE.
Je ne sons pas tout-à-fait bête; le monde prend parfois de mes petits avis, & s'en trouve bian.
ERASTE.
Je n'en doute pas.
Mᶜ PIERRE *riant.*
Tenez, vous avez une Philosomie de bonne aparence; j'esteme qu'oû estes un bon compere: vela ma pensée; parmettez a libarté.

ERASTE.

Tu me fais plaifir.

Mᶜ PIERRE.

De queu vaccation êtes-vous avec cet habit noir ? Eft-ce Praticien ? ou Médecin ? tatez-vous le poux, ou bian la bourfe ? Dépêchez-vous, le corps, ou les bians ?

ERASTE.

Je guéris du mal qu'on n'a pas.

Mᶜ PIERRE.

Vous êtes donc Médecin ? tant mieux pour vous, tant pis pour les autres ; & moi, je fis le Farmier d'ici, & ce n'eft tant pis pour parfonne.

ERASTE.

Comment ! mais tu as de l'efprit. Tu dis qu'on te confulte. Parbleu, dans l'occafion je te confulterois volontiers auffi.

Mᶜ PIERRE.

Confultez-moi, pour voir, fur Monfieur Erafte.

ERASTE.

Que veux-tu que je te dife ? Il époufe la fille de Monfieur Argante.

Mᶜ PIERRE.

Acoutez, êtes-vous bian fon ami à cet époufeux de fille.

ERASTE.

Mais je ne fuis pas toujours fort content de lui, dans le fond ; & fouvent il m'ennuye.

Mᵉ Pierre.

Mᶜ PIERRE.

Fy, c'est de la malice à lui.

ERASTE.

J'ai idée qu'on ne l'époufera pas d'un trop bon cœur ici, & c'est bien fait.

Mᶜ PIERRE.

Tout franc, je ne voulons point de ce butord-là : Laiffez venir le nigaud, je ly gardons des rats.

ERASTE.

Qu'appelles-tu des rats ?

Mᶜ PIERRE.

C'est que la fille de cians a eu l'avife-ment de devenir ratiere ; alle a mis par exprès, fon efprit fans deffus deffous, fans devant darriere, à celle fin, quand il la varra, qu'il s'en retorne avec fon fac & fes quilles.

ERASTE.

C'est-à-dire qu'elle feindra d'être folle.

Mᶜ PIERRE.

Vela c'en que c'est ; & fi maugré la folie, il la prend pour femme, n'y aura pús de rats ; mais ce qu'en mettra en lieu & place, les vaura bian.

ERASTE.

Sans difficulté.

Mᶜ PIERRE.

Stanpendant la fille eft fage ; mais quand on a bouté fon amiquié ailleurs, &

D

qu'en a un mari en avartion, fage tant
qu'ou vourez, il faut que fageffe dégar-
piffe, & pis après toute voute medeçaine
ne garira pas M. Erafte du mal qui li fera
fait, le paure niais : mais adieu ; veci
voute ratiere qui viant, ça va bian vous
divartir.

SCENE XI.

Mlle ARGANTE, ERASTE.

ERASTE *à part.*

AH l'aimable perfonne ? Pourquoi l'ai-
je vûë, puifque je la dois perdre ?
Mlle ARGANTE. *à part en entrant.*
Voilà un joli homme ! fi Erafte lui ref-
fembloit, je ne ferois pas la folle.
ERASTE.
à part. Feignons d'ignorer fes difpofitions. (*à Mlle Argante.*) Mademoifelle,
Erafte m'a chargé d'une commiffion dont
je ne fçaurois que le loüer. Vous fçavez
qu'on vous a deftinés l'un à l'autre ; mais
il ne veut joüir du bonheur qu'on lui affure,
qu'autant que votre cœur y foufcrira : c'eft

un refpect que le fien vous doit ; & que vous méritez plus que perfonne : daignez donc, Madame, me confier ce que vous penfez là-deffus, afin qu'il fe conforme à vos volontez.

Mlle ARGANTE.

Ce que je penfe, Monfieur, ce que je penfe !

ERASTE.

Oüy ; Madame.

Mlle ARGANTE.

Je n'en fçai rien, je vous jure ; & malheureufement j'ai réfolu de n'y penfer que dans deux ans, parce que je veux me repofer. Dites-lui qu'il ait la bonté d'attendre, dans deux ans je lui rendrai réponfe, s'il ne m'arrive pas d'accident.

ERASTE.

Vous lui donnez un terme bien long.

Mlle ARGANTE.

Hélas ! je me trompois ; c'eft dans quatre ans que je voulois dire ; qu'il ne s'impatiente pas au moins, car je lui veux du bien, pourvû qu'il fe tienne tranquile ; s'il étoit preffé, je lui en donnerois pour un fiécle ; qu'il me menage, & qu'il foit docile, entendez-vous, Monfieur ? ne manquez pas auffi de l'affûrer de mon eftime. Sçait-il aimer ? a-t-il des fentimens ? de la figure ? eft-il grand ? eft-il petit ? On dit

qu'il eſt chaſſeur : mais ſçait-il l'Hiſtoire ?
Il verroit que la chaſſe eſt dangereuſe.
Acteon y perit pour avoir troublé le repos
de Dianne. Hélas ! ſi l'on troubloit le mien,
je ne ſçaurois que mourir. Mais à propos
d'Eraſte, me ferez-vous ſon portrait ? j'en
ſuis curieuſe.

ERASTE. *triſte & ſoûpirant.*

Ce n'eſt pas la peine, Madame ; il me
reſſemble trait pour trait.

Mlle ARGANTE *le regardant.*

Il vous reſſemble ? bon cela, Monſieur.

ERASTE.

Ma commiſſion eſt faite, Madame, je
ſçai vos ſentimens, diſpenſez-vous du dé-
ſordre d'eſprit que vous affectez ; un cœur
comme le vôtre, doit être libre, & mon
ami ſera au déſeſpoir de l'extrêmité où la
crainte d'être à lui vous a réduite ; on ne
ſçauroit déſaprouver le parti que vous a-
vez pris ; l'autorité d'un pere ne vous a
laiſſé que cette reſſource, & tout eſt permis
pour ſe ſauver du danger où vous étiez :
mais c'en eſt fait, livrez-vous au penchant
qui vous eſt cher, & pardonnez à mon
ami les frayeurs qu'il vous a données ; je
vais l'en punir, en lui diſant ce qu'il
perd. *Il veut s'en aller.*

Mlle ARGANTE.

à part. Oh, oh ! C'eſt aſſurément ſa

Eraſte. (*Elle le rappelle.*) Monſieur ?

ERASTE.

Avez-vous quelque choſe à m'ordon-
ner, Madame ?

Mlle ARGANTE.

Vous m'embaraſſez. N'avez-vous que
cela à me dire ? voyez ; je vous écouterai
volontiers ; je n'ai plus de peur, vous m'a-
vez raſſurée.

ERASTE.

Il me ſemble que je n'ai plus rien à dire
après ce que je viens d'entendre.

Mlle ARGANTE.

Je ne devois dire ce que je penſe ſur E-
raſte que dans un certain tems, & ſi vous
voulez, j'abregerai le terme.

ERASTE.

Vous le haïſſez trop.

Mlle ARGANTE.

Mais pourquoi en êtes-vous ſi fâché ?

ERASTE.

C'eſt que je prens part à ce qui le regarde.

Mlle ARGANTE.

Eſt-il vrai qu'il vous reſſemble ?

ERASTE.

Il n'eſt que trop vrai.

Mlle ARGANTE.

Conſolez-vous donc.

ERASTE.

Eh ! d'où vient me consolerois-je, Madame? daignez m'expliquer ce difcours.

Mlle ARGANTE.

Comment vous l'expliquer ?...... dites à Erafte que je l'attens , fi vous n'avez pas befoin de fortir pour cela.

ERASTE.

Il n'eft pas bien loin.

Mlle ARGANTE.

Je le croi de même.

ERASTE.

Que d'amour il aura pour vous , Madame , s'il ofe fe flater d'être bien reçû !

Mlle ARGANTE.

Ne tardez pas plus long-tems à voir ce qu'il en fera !

ERASTE.

Puis - je efperer que vous me ferez grace?

Mlle ARGANTE.

J'en ai peut-être trop dit : mais vous ferez mon époux. Que ne vous ai-je connu plutôt.

ERASTE.

Avec quel chagrin ne m'en retournois-je pas ?

Mlle ARGANTE.

Eft-il poffible que je vous ai haï ! à quoi fongiez-vous , de ne pas vous montrer ?

ERASTE.

Au milieu de mon bonheur il me reste une inquiétude.

Mlle ARGANTE.

Dites ce que c'est, & vous ne l'aurez plus.

ERASTE.

Vous vous gardiez, dit-on ; pour un autre que moi.

Mlle ARGANTE.

Vous demeurez à la campagne , & je ne l'aimois pas avant que je vous eusse connu ; il y a quatre ans que je connois Dorante, l'habitude de le voir me l'avoit rendu plus suportable que les autres hommes ; il me convenoit , il aspiroit à m'épouser , & dans tout ce que j'ai fait, je me gardois moins à lui , que je ne me sauvois du malheur imaginaire d'être à vous : voilà tout ; êtes vous content ?

ERASTE *à genoux*.

Je vous adore ; & puisque vous haïssez la campagne, je ne sçaurois plus la souffrir.

SCENE XII.

M. ARGANTE, Mlle ARGANTE ; ERASTE, Mᶜ PIERRE.

M. ARGANTE à *Mᶜ Pierre.*

OH ! oh ! Ils font, ce me femble , d'affez bonne intelligence.

Mᶜ PIERRE.

Qu'eft-ce que c'eft donc que tout ça ? Ils fe difont des douceurs.

M. ARGANTE.

Eh bien , ma fille , connois-tu Monfieur ?

Mlle ARGANTE.

Oüy, mon pere.

M. ARGANTE.

Et tu es contente ?

Mlle ARGANTE.

Oüy , mon pere.

M. ARGANTE.

J'en fuis charmé. Ne fongeons donc plus qu'à nous réjoüir, & que pour marquer notre joye, nos muficiens viennent ici commencer la fête.

Mᶜ Pierre.

Mᵉ PIERRE.

Voilà qui va fort ben. Ou eftes con-
tante. Voute pere, voute amant, tout ça
eft contant : mais de tous ces biaux con-
tantemens-là, moi, & M. Dorante, je
n'y avons ni part, ni portion.

M. ARGANTE.

Laiffe-là Dorante.

Mlle ARGANTE.

Si vous vouliez bien lui parler, mon
pere, on lui doit un peu d'égard ; & cela
me tireroit d'embarras avec lui.

Mᵉ PIERRE.

Il m'avoit pourmis cinquante piftoles ,
fi vous deveniais fa femme ; baillez-m'en
tant feulement foixante, & je l'y ferai vos
excufes. Je ne vous furfais pas.

ERASTE.

Je te les donne de bon cœur, moi.

Mᵉ PIERRE.

C'eft marché fait ; chantez, & danfez à
voftre aife, à cette heure, je n'y mets pûs
d'empêchement.

Fin de la Comedie.

E

APPROBATION.

J'Ai lû par l'ordre de Monseigneur le Garde des Sceaux *le Denoûëment imprevû*, Comedie d'un Acte, qui peut être imprimée. A Paris le 3. Mars 1727.

BLANCHARD.

debiter par tout notre Royaume pendant le
tems de trois années confecutives à compter
du jour de la datte defdites préfentes. Faifons
défenfes à tous Libraires, Imprimeurs & autres perfonnes de quelque qualité & condition
qu'elles foient, d'en introduire d'impreffions
étrangeres dans aucun lieu de notre obéïffance,
à la charge que ces prefentes feronr enregif-
trées tout au long fur le Regiftre de la Commu-
nauté des Libraires & Imp.imeurs de Paris,
dans trois mois de la datto d'icelles ; que l'Impreffion de ce Livre fera faite dans notre Royaume & non ailleurs, & que l'impetrant fe confor-
mera en tout aux Reglemens de la Librairie,
& notamment à celui du dixiéme Avril 1725.
& qu'avant que de l'expofer en vente, le ma-
nufcrit ou imprimé qui aura fervi de copie à
l'impreffion dud. Livre, fera remis dans le méme
état où l'Approbation y aura été donnée ès
mainsde notre très-cher& feal Chevalier Garde des Sceaux de France *Le Sieur Fleuriau
d'Armenonville* Commandeur de nos Oidres ;
& qu'il en fera enfuite remis deux Exemplai-
res dans notre Bibliotheque publique, un dans
celle de notre Château du Louvre, un dans
celle de notredit très-cher & feal Chevalier
Garde des Sceaux de France le Sieur Fleuriau
d'Armenonville Commandeur de nos Ordres ;
le tout à peine de nullité des préfentes ; du con-
tenu defquels vous mandons & enjoignons
de faire jouïr l'Expofant, ou fes ayans caufes
pleinement & paifiblement, fans fouffrir qu'il
leur foit fait aucun trouble ou empêchement.
Voulons qu'à la copie defdites préfentes qui
fera imprimée tout au long au commencement
ou à la fin dudit Livre foy foit ajoûtée comme

à l'original. Commandons au premier notre Huissier, ou Sergent de faire pour l'execution d'icelles tous Actes requis & necessaires, sans demander autre permission, & nonobstant clameur de Haro, Chartre Normande, & Lettres à ce contraires : CAR tel est notre plaisir. DONNE' à Paris ce huitiéme jour du mois de May l'an de grace mil sept cens vingt-sept, & de notre Regne le douziéme. Par le Roy en son Conseil. *Signé*, SAMSON.

Registré sur le Registre VI. de la Chambre Royale des Libraires & Imprimeurs de Paris, N°. 642. fol. 516. conformément aux anciens Réglemens confirmez par celui du 28. Fevrier 1723. A Paris le neuf May mil sept cens vingt-sept.

BRUNET, *Syndic.*